LES

MAITRESSES

A PARIS

Paris. — Imp Simon Raçon & C¹ᵉ, rue d'Erfurth, 4.

LÉON GOZLAN

LES

MAITRESSES

A PARIS

CE QUE C'EST QU'UNE PARISIENNE

PARIS

EUGÈNE DIDIER, ÉDITEUR

6, rue des Beaux-Arts.

MDCCCLII

LES
MAITRESSES
A PARIS

CE QUE C'EST
QU'UNE PARISIENNE

OPINION DE LA MÈRE D'UNE PARISIENNE SUR SA FILLE.

C'est un ange de douceur, un démon d'esprit, un trésor en ménage, une perfection en tout.

L'homme qui l'épousera, quel qu'il soit, ne mérite pas le bonheur qui l'attend.

1

OPINION D'UN JEUNE ÉTUDIANT EN MÉDECINE SUR LA PARISIENNE.

Elle est la meilleure valseuse du Prado et de la Chaumière, la femme sans pareille pour souper toute la nuit ou se coucher sans souper; l'être qui résiste le plus longtemps quand il est plongé dans la fumée du tabac; la créature qui retire le plus facilement trois choses : ses gants, son châle et son cœur.

OPINION DES ÉTRANGERS, ET PARTICULIÈREMENT DES RUSSES SUR LA PARISIENNE.

C'est un composé d'esprit, de grâce et de sensibilité; une intarissable source de séductions; la justification éclatante de la supériorité de la France sur les autres nations; la femme qu'on rêve à seize ans, et la seule dont on se souvienne à soixante.

OPINION DES DAMES ANGLAISES SUR LA FEMME PARISIENNE.

Impossible de la reproduire. Les lois de la décence s'y opposent.

OPINION DE QUELQUES MARIS SUR LEURS FEMMES PARISIENNES.

Compagnes sans cœur, n'aimant que la frivolité et le plaisir; ravaudeuses de chiffons; n'ayant pas l'ombre du sens moral; infidèles sans passions, mères sans prudence.

OPINION DU GOUVERNEMENT SUR LES PARISIENNES.

Quand la loi du divorce fut agitée, on remarqua avec un certain étonnement que la commune de Paris était celle qui offrait le moins grand nombre de pétitionnaires.

OPINION SUPÉRIEURE
ET PRÉFÉRABLE A TOUTES LES OPINIONS,
OU HISTOIRE DE LA PARISIENNE.

On suppose assez généralement qu'elle est
née à Paris; c'est là une première erreur.
Paris est d'abord la ville de tout le monde,
et ensuite, quand il y a de la place, la ville
des Parisiens. Ce gracieux type de la civilisation, cette femme exquise entre toutes les
femmes, celle dont on cite l'esprit à Saint-
Pétersbourg et dont on imite les manières à
Kanton; celle qui n'a pas un caprice qui ne
devienne une loi dans tous les endroits de la
terre où se trouve un salon, la Parisienne,
enfin, prend naissance non à Paris, mais sur
un des milliers de points de cette vaste contrée
qu'on appelle, pour ne pas blesser la Belgi-
que et le royaume de Saxe, le département
de Seine-et-Oise. Naître à Mantes, à Versail-
les, à Rambouillet et même à Fontainebleau,
ce n'est pas, à la rigueur, ne pas être de Paris, dans l'opinion de beaucoup de femmes,
jalouses de se ranger sous la dénomination

de Parisiennes. C'est là une vérité si peu contestable, contrairement à la plupart des vérités, qu'il n'existe pas une Parisienne qui n'ait un oncle, un grand-père ou tout au moins un cousin germain, soit à Étampes, soit à Corbeil, soit dans l'une de ces innombrables communes semées autour de Paris. On doit peut-être attribuer à cette violation d'une exacte nationalité le goût déterminé de la Parisienne pour la campagne, surtout pendant l'été, quand la violette bleuit la bordure des jardins, et que la fraise court le long des coteaux de Marly et de Meudon. Dans son cœur, si peu primitif, il reste toujours un coin où fleurit l'idylle.

A peine née, on la roule dans du linge et on l'envoie, à la grâce de Dieu, aussi loin que possible, chez une nourrice qui l'accroche à un clou pendant le jour, et l'étouffe sous des couvertures pendant la nuit, pour ne pas l'entendre crier, et on n'y pense plus. Un beau jour, au bout de dix-huit mois, deux ans, le père dit : « Nous avons pourtant une fille en nourrice ! — Cette chère enfant ! répond la maman, il serait bien temps de la retirer. J'écrirai un de ces jours à la nourrice. »

En effet, la semaine suivante, une paysanne rapporte dans ses bras, entre un gros bouquet de fleurs des champs et un fromage rond, une petite fille sauvage qui appelle son véritable père vilain, et qui détourne la tête quand sa maman veut l'embrasser. Telle est l'entrée dans le monde de cette merveille qu'on aurait tort, on le voit, de croire bercée par les Grâces et éveillée au son des instruments. La nature fait presque tout pour la Parisienne : enfant, elle lui donne cet air pâle et rose, cet air de santé et de distinction que n'ont pas les enfants étrangers, pas même les enfants anglais ; jeune fille, elle lui souffle cet esprit précoce dont la pénétration et la gentillesse sont un sujet d'ébahissement et souvent d'effroi pour les bons provinciaux. Elle est curieuse, fine, spirituelle, à huit ans, et sensée, si l'occasion l'exige, comme on ne l'est pas, et comme elle ne l'est plus elle-même à vingt ans. Il y a là un point de ressemblance à remarquer entre elle et la créole : on dirait que le soleil hâtif de la civilisation produit exactement les mêmes effets que le soleil trop fécond des colonies. Le fruit n'est jamais aussi doux que

la fleur est belle chez la Parisienne comme
chez la créole. L'enfance et la vieillesse sont,
je crois, les deux époques les plus caracté-
ristiques de la vie d'une Parisienne. Elle a
prodigieusement de l'esprit lorsque sa beauté
n'est pas encore mûre; et, quand tout son
esprit lui revient avec la fermeté de l'expérience, la variété des épisodes qu'elle a par-
courus, elle a perdu toute sa beauté. Cela
équivaudrait à dire que l'âge intermédiaire
chez elle n'est pas celui où elle a le plus
d'esprit, si c'est celui où elle a le plus de
grâce.

UNE OBSERVATION QUI SE PLACE
NATURELLEMENT ICI
ET QUI PROUVE UNE GRANDE DÉLICATESSE
DE GOUT CHEZ LES PARISIENNES.

Depuis un temps immémorial, il est d'u-
sage à Paris de donner aux jeunes filles des
noms portés par les héroïnes des ouvrages
qui ont la vogue. Ainsi, lorsque Racine fit
Esther, les dames de la cour s'empressèrent

d'appeler de ce nom, fort peu chrétien pourtant, la plupart des filles dont elles furent mères. De là cette prodigieuse quantité de marquises Esther de..., de comtesses Esther de..., de duchesses Esther de..., qu'on rencontre dans les mémoires du temps. Rousseau popularisa, avec sa *Nouvelle Héloïse*, les noms de Julie et de Claire. Au dix-huitième siècle, une première fille s'appelait Julie, la seconde Claire. Baculard Arnaud eut la gloire de répandre, à la faveur de ses mauvais romans, qui jouirent d'une célébrité phénoménale, comme la plupart des mauvais romans, les noms de Bathilde et d'Ursule. C'est à la Harpe qu'on doit toutes les Mélanie parisiennes. Madame Cottin mit les Mathilde à la mode, et M. de Chateaubriand eut le triste privilége de baptiser du nom d'Atala les filles de portiers

Cette petite monographie des noms portés par les Parisiennes nous conduit à raconter une histoire qui s'y rattache, et qui la complétera. Je commence par prévenir qu'elle est fort courte.

COURTE HISTOIRE.

En parcourant, il y a quelques années, les campagnes de la Picardie, je m'arrêtai pour déjeuner dans un de ces villages où l'on ne trouve rien, pas même le village souvent, tant il est enfoui sous le chaume, enfoncé dans la boue et perdu loin de toute route. J'attendais que Dieu, qui envoie la pâture aux petits des oiseaux, voulût bien qu'on me traitât en fils de caille ou de perdrix rouge, lorsqu'un nom vint frapper mon oreille. Je crois avoir mal entendu : j'écoute mieux. Ce n'est point une erreur. On a prononcé le nom de Philoxène. Qui donc peut s'appeler Philoxène, en Picardie, à huit lieues de Beauvais?

Je cours à la porte de la chaumière, je vois une grosse paysanne, tenant en laisse deux vaches noires, et causant avec trois autres églogues de sa façon, chaussées comme elle, en sabots.

« C'est vous qu'on appelle Philoxène?

— Oui, monsieur.

— Et moi, Oriane.

— Et moi, Philaminte.

— Et moi, Célanire.

— Mais ce sont, m'écriai-je, quatre noms pris aux romans de mademoiselle de Scudéri !

— Nous ne connaissons pas mademoiselle de Scudéri, me répondirent ces braves femmes. Demandez au bureau de poste.

— Ce sont là vos noms ? vos véritables noms ?

— Dame ! oui ; ils nous ont été donnés par nos père et mère.

— Voudriez-vous me dire les noms de quelques autres de vos connaissances ?

— Volontiers. Nous avons ici Arsinoé Postel, Ismérie Boitron, Télamire Jacquart...

— Encore des noms créés par mademoiselle de Scudéri ! C'est bien, leur dis-je, je vous remercie. »

Il est fou, durent penser ces bonnes vachères en me voyant écrire leurs noms sur mon calepin et tomber ensuite dans de longues réflexions.

Il était bien étrange, en effet, on en conviendra, que tous ces noms, empruntés à

cette série d'ouvrages créés par cette grande
imagination appelée mademoiselle de Scudéri, se retrouvassent, un siècle et demi
après, au fond d'un village de la Picardie, et
s'échangeassent entre la femme du bouvier et
la fille du bûcheron.

Je ne tiens pas le moins du monde à deve-
nir roi, mais je tenais beaucoup à deviner
cette énigme. Je cherchais un sphinx, dût-il
me dévorer. Mais pas de sphinx!

Décidé à ne quitter cet horrible village
qu'autant que j'aurais satisfait ma curiosité,
je m'adressai à un vigneron occupé à planter
des échalas, au bord d'une immense pro-
priété dont j'apercevais le château.

« Comment vous nommez-vous? lui de-
mandai-je d'abord.

— Caloandre, » me répond-il.

J'en étais sûr.

« Qui vous a donné ce nom? »

Le brave Caloandre dut s'imaginer que
j'appartenais à la police.

« C'est mon grand-père, qui s'appelait
aussi Caloandre.

— Et que faisait votre grand-père?

— Il était vigneron, comme nous, chez

le grand-père de notre seigneur, **M.** le duc de C......, à qui appartient le château. »

En Picardie, le paysan appelle encore le propriétaire seigneur.

J'étais dans la gueule du sphinx.

« Très-bien, mon brave homme. Et à qui appartenait ce château avant d'être à **M.** le duc de C......?

— Ah! monsieur, il n'est pas sorti de cette ancienne famille depuis plus de trois cents ans. Ce sont de si braves gens! Tous ces villages que vous voyez là-bas, là-bas... leur appartenaient aussi autrefois; mais la Révolution!... Ils étaient nos seigneurs, mais bien plus nos seigneurs qu'aujourd'hui. Nous étions leurs enfants; nous vivions chez eux, autant dire. »

J'écoutais religieusement les divagations rétrospectives de Caloandre, qui continua :

« Nous allions faire cuire le pain chez eux; ils nous gardaient notre vin. Nous leur demandions la permission de nous marier; puis ils baptisaient nos enfants... »

J'étais roi! j'avais deviné l'énigme; j'arrêtai Caloandre sur son dernier membre de phrase. Il est hors de doute que j'étais dans

une localité seigneuriale, dans le domaine
d'un château possédé jadis par des admirateurs enthousiastes des romans de mademoiselle de Scudéri, et par des admirateurs qui,
par une fantaisie parfaitement parisienne,
avaient donné à tous leurs vassaux et vas-
sales, à mesure qu'ils naissaient, les noms
qui sont dans la *Clélie*, l'*Astrée* et les romans de chevalerie : noms, on le sait, sous
lesquels se cachaient autrefois Louis XIV,
le prince de Condé, le dauphin, le duc de
Vendôme, madame Henriette, le Brun, Bos-
suet, Molière, Boileau, la Fontaine, Fou-
quet, enfin tout ce que le dix-septième siècle
offrait de grand, de remarquable, d'illustre
dans les armes, les lettres, la finance. Ces
braves Picards, ainsi baptisés, avaient trans-
mis ces noms avec la même bonhomie, les
prenant sans doute pour des noms de saints
et de saintes ; et voilà comment ils sont ar-
rivés jusqu'à nous et se conserveront longtemps dans un village de la Picardie.

LA COQUETTERIE PARISIENNE.

Grande discussion élevée à ce sujet entre un jésuite
et un ministre du commerce.

Pendant la Restauration, un prédicateur
fort éloquent, un missionnaire, un jésuite
enfin, vint prêcher la mission à Paris. Une
grande affluence attestait son succès; et non-
seulement on admirait ce qu'il disait en
chaire, mais on commençait, chose rare partout, à suivre ses préceptes de rigoureuse
morale.

La sienne était des plus rigides. Il attaquait,
avec une frénétique colère, la coiffure des
femmes, le luxe de leurs chapeaux, la frivolité damnable de leurs rubans, l'épouvanta-
ble richesse de leurs étoffes de soie, la rui-
neuse élégance de leurs chaussures. Il avait
déjà réussi à émonder considérablement l'arbre immense des superfluités lorsqu'il dis-
parut tout à coup, au milieu de sa gloire et
au grand étonnement de tous ceux qui cou-

raient en foule recueillir sa parole. La chaire
resta vide et muette. Qu'était devenu le fameux prédicateur? Pourquoi, comment, mur-
murait-on dans le monde, dans les salons,
dans les rues, avait-il quitté si brusquement
Paris? Questions qui restèrent sans réponse
jusqu'à l'événement de juillet 1830. On sut
alors le motif de cette soudaine dispari-
tion.

Le ministre du commerce avait fait prier
le prédicateur de passer à son hôtel, et il lui
avait dit avec tous les ménagements dus à
un homme revêtu d'un caractère religieux :
« Monsieur, au moyen âge, les peuples ne
vivaient que de religion, et je ne les en blâme
pas dans ma pensée; mais, depuis cette époque, le travail a pris la place de la médita-
tion, et nous vivons beaucoup maintenant
d'industrie et de commerce. L'industrie ne
se soutient, ne s'augmente, que par l'expor-
tation. C'est ici, monsieur, que je vous prie
de m'accorder votre meilleure attention. Les
Parisiens, que vous avez édifiés par votre élo-
quence, expédient pour cent millions de
marchandises environ dans les pays étrangers. En général, ces marchandises entrent

dans la catégorie de ces innombrables superfluités que vous avez condamnées avec une
si haute raison. Suivez-moi bien, monsieur.
Les étrangers n'ont du goût pour ces épin-
gles dorées, ces peignes d'écaille, ces rubans
de soie, ces éventails de dentelle, ces étoffes
suavement diaprées, ces mouchoirs délicats,
ces chaussures élégantes, que parce que les
Parisiennes les ont portés et leur ont donné
la consécration du goût, le baptême de la
mode. Du jour où vous aurez réussi à les
faire renoncer à se parer de ces objets si
odieux au point de vue de la religion, mais
malheureusement si utiles au point de vue
du commerce, vous aurez réussi pareillement
à faire que les deux Amériques, les deux
Indes, toutes les capitales du monde, même
celle du monde religieux, ne les demande-
ront plus à l'industrie parisienne, au commerce parisien, qui, par là, aura perdu cent
millions sur ses exportations à l'étranger. »

Le missionnaire écoutait profondément.

« Comme chrétien, je suis de votre avis :
ce luxe est un péché; comme ministre du
commerce, je suis forcé de vous montrer
toutes les pétitions qui me sont journelle-

ment adressées contre vous par le grand et le petit commerce de Paris, l'un et l'autre effrayés de votre influence. J'ajoute que, comme chrétien, je ne voudrais pas retrancher un mot de vos anathèmes contre la mode, mais que, comme ministre, je donnerais cent mille francs à celui qui inventerait une frivolité de plus, capable d'augmenter notre industrie et nos exportations. Enfin je termine par vous dire, toujours comme ministre du commerce, que je ne puis vous autoriser, d'accord avec mes confrères les autres ministres, à prêcher dans le même esprit sur le même sujet. »

Le missionnaire salua le ministre du commerce, et ne remonta plus en chaire.

Un mois après, le ministre fut destitué.

PROGRÈS DANS L'ÉDUCATION DES PARISIENNES.

Sous l'ancien régime, il n'y avait pas une Parisienne sur cent qui sût écrire ; cela s'explique : les pensionnats, institution impé-

3

riale, n'existaient pas, et les filles de la no-
blesse et de la riche bourgeoisie seules al-
laient au couvent, où elles ne recevaient
qu'une éducation barbare. Vint la Révolution. Dès lors, chaque famille, chaque foyer,
prenant une part personnelle aux affaires
publiques, la lecture devint une nécessité,
une condition d'existence. Quand chacun fut
intéressé à savoir si l'ennemi menaçait Ver-
dun ou Metz, chacun eut besoin de lire, avant
de se coucher, les papiers publics. L'Empire
et ses effrayantes levées d'hommes propagè-
rent ce besoin de connaître par la voie de
l'impression les crises dévorantes du moment, les incidents de la guerre, les progrès
de la conquête. Quelle Parisienne n'eut pas
à s'enquérir du sort ou d'un père, ou d'un
frère, ou d'un fiancé attaché à l'armée d'Italie ou d'Egypte? Les bulletins de la grande
armée ont plus fait pour l'éducation des Parisiennes que tous les livres où les philoso-
phes et les philanthropes du dix-huitième
siècle leur recommandent l'instruction. Na-
poléon a appris à lire aux Parisiennes. Le
professeur leur a coûté cher.

JUSQU'OU EST ALLÉ CE PROGRÈS.

Ce beau mouvement s'étant continué sous la Restauration, les Parisiennes apprirent à écrire assez correctement. Elles bronchaient bien encore devant l'accord des participes, devant l'imparfait du subjonctif, devant l'orthographe de certains mots, mais enfin elles en savaient beaucoup plus que leurs mères, dont les lettres d'amour, surprises à la dérobée dans quelque coin, les faisaient sourire par leur grande naïveté grammaticale.

STYLE D'UNE PARISIENNE EN 1852.

Album de la fille d'une portière.

« Le bonheur est partout, dit-on. Pensée juste, expression fausse. Il est dans le cœur, c'est-à-dire dans un organe qu'on porte partout. »

« J'ai lu Byron et Paul de Kock; je ne re-
lirai jamais Paul de Kock, quoique je serais
fàchée de ne l'avoir pas lu. Les grands écri-
vains sont donc ceux qu'on voudrait relire? »

« J'ai bien souvent, en riant, tiré le cordon à de jolies et riches locataires qui me le
demandaient en pleurant. Auraient-elles
voulu être à ma place? Je ne le crois pas.
Ai-je souhaité d'être à leur place? Peut-être.
Il y a donc des félicités inutiles et des mal-
heurs auxquels on tient. »

« J'ai toujours senti battre mon cœur en
voyant le facteur déposer une lettre sur la
table. C'est bien peu de chose, mais c'est un
mystère; il n'y en a pas de petit pour une
femme. »

« Je voudrais bien savoir pourquoi je suis portière, et pourquoi la femme d'un prince royal n'aurait pas pu être à ma place. »

———

« La fatigue n'est jamais dans le corps, mais dans l'esprit. Quand j'ai monté le premier étage pour remettre une lettre au valet de chambre qui m'ouvre, je suis déjà lasse ; quand j'arrive au second et au troisième étage pour donner une carte de visite ou un journal, je suis brisée ; mais je n'éprouve plus aucune lassitude pour monter jusqu'au septième étage, où m'attend le jeune peintre auquel je fais les commissions du matin. Je ne l'aime pas, mais il me trouve jolie. »

———

« Du matin au soir j'entends sous ma croisée, qui est presque au niveau de la rue, la musique des orgues de Barbarie ; j'avoue qu'elle me jette dans une rêverie délicieuse.

Pourquoi est-il de bon goût de se moquer de
ces instruments ? Serait-ce parce qu'ils nous
procurent du plaisir sans difficulté ? Je suis
portée à le croire depuis que je vois les gens
s'extasier devant la dame de l'entre-sol lorsqu'elle joue de la harpe. On m'a assuré qu'une
harpe coûtait trois mille francs, et qu'il fal-
lait étudier dix ans pour en pincer médio-
crement. C'est un instrument affreux à entendre. Une harpe me fait l'effet d'une gui-
tare hydropique. Si les harpes coûtaient dix
mille francs, et qu'il fût nécessaire de s'exer-
cer vingt ans pour en jouer, on les vanterait
encore davantage. J'ai donc raison. On ne
méprise les orgues de Barbarie que parce
que pour deux sous on peut se donner le
plaisir de les entendre jouer pendant une
heure. »

———

« La locataire du premier reçoit son journal la veille ; elle est censée par conséquent
savoir les nouvelles douze ou quinze heures
avant l'avoué logé au second étage, qui ne
reçoit le sien que le matin ; le tailleur du

quatrième n'a le *Siècle* que le lendemain ; et
la ravaudeuse qui occupe la mansarde et qui
loue son journal au cabinet de lecture de la
rue Coquenard, ne le lit que huit jours après
sa publication. Pourtant aucun des quatre
locataires ne sait avant l'autre ce qui se passe
à Paris ; et même c'est souvent la ravaudeuse
qui en est instruite la première. Les journaux
serviraient donc à vous apprendre ce qu'on
sait déjà ? »

———

« Autrefois un portier était logé un peu
moins mal qu'un chien de ferme ; aujour-
d'hui nous avons dans notre loge un tapis,
deux pendules de quatre cents francs, trois
tableaux peints par Roqueplan, Belloc et Ver-
dier, des fauteuils en palissandre ; maman ne
sort jamais à pied. Encore quelques années,
et l'on dira avec importance : Il épouse la
fille d'un portier ! »

———

« Je me demande si l'on est dans une position inférieure parce qu'au lieu d'avoir affaire à un homme qui vous dit : Monsieur,
faites-moi une procuration, ce qui est l'emploi
du notaire, on a affaire à quelqu'un de poli
qui vous dit : Le cordon, s'il vous plaît ! »

« La police de Paris n'est presque faite que
par les domestiques; presque tous les domestiques sont des voleurs ou des espions.
Les plus vieux sont plus voleurs et plus espions, voilà tout. Le plus honnête d'entre
eux, homme ou femme, vole tous les jours
au moins dix sous à ses maîtres. J'excepterai
pourtant les domestiques qui ont nourri leurs
maitres pendant vingt ans — *avec le fruit de
leurs épargnes.* »

« Hier j'ai assisté pour la première fois à
la représentation d'une tragédie. Dieu ! que

j'ai ri ! J'étouffais pour ne pas causer du scandale autour de moi. On jouait *Iphigénie en Aulide*. Comme cette pauvre fille se démène à froid pour prouver qu'elle aime Achille, le plus grotesque des amoureux : un amoureux qui ne parle jamais que de lui. Et cette mère qui en dit, qui en dit pendant une heure au lieu de prendre sa fille par le bras et de lui dire : Je suis votre mère, et l'on ne touchera pas à un cheveu de votre tête. Est-ce que j'avais besoin de la colère d'Achille pour être sûre qu'il n'arriverait rien à Iphigénie ? Sa mère n'était-elle pas là ? On dit que c'est bien écrit. Il ne manquerait plus que ce fût mal écrit. On m'avait beaucoup vanté l'actrice qui jouait le rôle d'Iphigénie. »

———

« La vie est un songe, mais un songe souvent interrompu par le coup de sonnette du maître qui rentre après minuit. »

———

« J'ai fait une remarque, je ne sais si elle est juste : il ne naît plus de blondes, tout le monde est brun. »

———

« Je n'ai pas encore vu un vieillard à Paris. A quelle heure sortent-ils ? »

———

« Une femme bien conservée. grand Dieu ! Comment serait-elle si elle était mal conservée ? »

———

AUTRE EXEMPLE DU STYLE D'UNE PARISIENNE EN 1852.

Style de la Parisienne des rues du Helder, Lepelletier, Houssaye, Joubert.

De la maîtresse de M. le comte de la Mi ..
à la maîtresse de M. le marquis de D...

« Chère adorée,

« Tu veux savoir ce que je fais au fond de mon appartement et sur la chaise longue où le docteur m'oblige à rester couchée, sous peine de voir ma postérité anéantie dans la personne de M. Louis ou de mademoiselle Marie, qui est à naître. Je pense à trois choses qui n'existent pas au moment où je t'écris. Naturellement à mon cher comte, qui est en Italie, à son fils ou à sa fille, qui n'a encore vu ni le jour ni la nuit, et à toi, qui dors d'un profond sommeil à la suite du dernier bal. Jules d'ailleurs m'a laissé en par-

tant beaucoup d'affaires à mettre en ordre,
et je suis obligée d'écrire à son avocat, à son
notaire, pour la succession de son oncle, à
plusieurs députés dont les visites me pèsent
plus pourtant que la correspondance que j'ai
avec eux. Quelles étranges gens, ma bonne
amie! parce que le comte leur ami me donne
deux mille francs par mois, ils s'imaginent
que je dois les prendre sur le marché.

« Il faut voir avec quel aplomb ils parlent
d'eux-mêmes, avec quelle assurance ils ris-
quent leurs galanteries, avec quelle infailli-
bilité ils se proposent... Est-ce que vous me
prenez pour madame votre épouse? ai-je dit
à l'un d'eux, qui se croyait tout permis,
parce que je l'avais autorisé à me baiser le
bout du pied toutes les fois qu'il n'aurait pas
parlé à la Chambre des députés.

« Tu as promis de venir me voir dans le
costume que tu t'es fait faire exprès pour
le dernier grand bal de l'Opéra. Viens donc,
je te montrerai en échange la layette de mon
futur arlequin ou de ma pierrette future. Du
reste, ton marquis a dû te dire qu'il m'avait

trouvée l'autre jour occupée à marquer des brassières.

« Ne sois pas jalouse, mais il est charmant, ton marquis. Vois-tu, bonne amie, il faut toujours en revenir à ces gens-là en fait de distinction, comme il faut toujours en revenir à nous en fait d'amour. Ils coûtent cher à attirer, et nous coûtons cher à retenir.

« Comme ils sont amusants! comme ils sont simples! comme ils ont de l'esprit, du goût, sans effort, sans tomber dans le fossé de la bouffonnerie, sans rouler dans celui du prétentieux!

« As-tu porté quelque chose à la caisse d'épargne le mois dernier? Voyons, ne me mens pas. Tu n'as rien porté. C'est mal. Je vais mettre opposition entre les mains de ton marquis pour deux cents francs, afin que le mois prochain je n'aie pas le même reproche à t'adresser. Vois-tu, bonne, moi je mettrai le maire de mon arrondissement à la caisse d'épargne. Tu sais que les fonds ont monté avant-hier. Je gagne six mille francs, six amours de mille francs, que je placerai sur la tête de celui dont je n'ai peut-être pas encore fait la tête. Place, ma chère, place; nous grossissons, et grossir c'est vieillir.

« Connais-tu les derniers vers de Théophile Gautier sur l'oreille de Forster? Procure-toi-les; ils sont divins. Quel charmant poëte!... Que ne peut-on vivre pendant trois mois en concubinage avec l'esprit des gens qu'on aime! Quelle Aspasie je ferais!

« Adieu, le tiers de mon âme! je ne puis plus dire la moitié. Un tiers est à celui qui est en Italie, un second tiers est à celui ou à celle que j'ai sous la main, l'autre tiers est à toi. Rien pour moi, puisque je vis par vous trois.

« TA BÉRÉNICE. »

AVANT-DERNIER EXEMPLE DU STYLE,
ET UN PEU DES MOEURS D'UNE PARISIENNE
EN 1852.

D'une femme honnête à une femme honnête.

« Chère Anaïs,

« Mon ours est parti, nous pouvons donc nous amuser à ciel ouvert. Dieu soit loué! je suis libre. Pour comble de bonheur, mes deux gendarmes de filles sont rentrées en pension ce matin. Sais-tu que ce n'est pas toujours gai d'avoir à côté de soi, partout où l'on va, deux grands actes de naissance qui font dire : « Oui, la maman doit avoir de trente à trente-cinq ans. — Je vous dis, moi, ajoute quelque âme charitable, qu'elle en a trente-sept. Calculez! elle s'est mariée à vingt-quatre ans... » Pour couper court à tous ces assassinats, j'ai cloîtré ces deux demoiselles. C'est encore un an de gagné.

« Le premier usage que je veux faire de

ma liberté, c'est de lire ce roman dont on
parle tant depuis six mois. A force de me
dire : « Je vous défends de le lire, il est stupide, il est immoral, » mon mari a excité en
moi une envie extraordinaire de le connaître.
C'est l'histoire, dit-on, d'une jeune femme
en'evée et conduite à une petite maison de
compagne au milieu de la nuit; on dit que
c'est intéressant, passionné, quelquefois in-
décent... on m'a assuré qu'il y avait beaucoup de points. Je suis folle des livres où l'on
trouve beaucoup de points. Je rêve, je m'é-
meus, je m'exalte, quand j'en vois... Mais
je vais enfin le lire, ce fameux roman. Je te
dirai s'il y a beaucoup de points.

« C'est à présent, ou jamais, que nous
pourrons aller voir jouer les drames des bou-
levards, autre antipathie de mon ours.

« Prends une loge pour demain, je t'en
supplie. Voyons ensemble le drame en vogue. J'ai lu dans mon journal le compte
rendu de ce drame. Il paraît, ma chère, qu'il
est rempli de voleurs, de forçats, de gens
qui en font disparaître d'autres par des

trappes. Tâche d'avoir une loge d'avant-
scène.

« Tu me demandais l'autre jour, dans un
accès de mauvaise humeur, en quoi je fais
consister le bonheur sur la terre. Je t'ai com-
prise, chère Anaïs : le bonheur, bien souvent,
est moins de parvenir à posséder ce qu'on n'a
pas que de cesser d'avoir ce qu'on possède.
Le bonheur, pour toi, serait peut-être, ô mi-
sère ! d'être veuve. Je ne dis pas que tu sou-
haites la mort de ton mari ; ce n'est pas plus
ton vœu que le mien, quoique nos positions
se ressemblent beaucoup ; mais nous devi-
nons, toi et moi, le bonheur d'être libres
avec l'expérience que nous avons acquise.
Dieu ! comme on doit respirer à pleine poitrine en sortant des prisons de la commu-
nauté conjugale pour entrer dans le paradis
du veuvage ! Veuve ! veuve ! mais on va où
l'on veut, mais on voit qui l'on veut, mais
on sort quand on veut, mais on rentre si l'on
veut ! N'est-ce pas, chère Anaïs que telle est
pour une femme la position sociale qu'elle
peut appeler à bon droit le bonheur ?

« Patience, bonne amie ; en attendant,

5

prenons tout le plaisir que nous permettent
de prendre l'absence de mon mari, un excel-
lent homme au fond, et dont je n'ai pas à
me plaindre, et la maladie du tien, qui est
bien long, je trouve, dans sa maladie. Dis-lui
mille choses aimables de ma part.

« Adieu ! vite ce roman et cette loge de
spectacle.

« Ta fidèle,

« JULIE VOL... »

DERNIER ÉCHANTILLON
DU STYLE D'UNE PARISIENNE EN 1852.

*Mémoires d'une jeune et honnête femme, mariée à un
marchand de couleurs de la rue de la Verrerie.*

« Je suis mariée depuis le **20 janvier 1852**,
c'est-à-dire depuis quinze jours environ. Mon

Dieu! que ce peu de temps écoulé a apporté de changements dans mes idées! Est-ce moi qui ai tort, est-ce le mariage? Je ne sais. Voici mes impressions; plaise au ciel que je ne sois pas dérangée en les fixant sur le papier, afin de pouvoir me juger un jour avec impartialité!

« Le mariage, m'avaient dit mes bonnes compagnes du pensionnat, est la réalisation de nos rêves les plus poétiques. Les tendres frémissements ressentis à la vue d'un jeune homme, les inquiétudes que nous éprouvons au retour du printemps, au lever de la lune derrière les acacias, les besoins de pleurer qui nous prennent sans motif, me disaient-elles encore, s'expliquent en se mariant. L'âme a deviné le mot de l'énigme. Et je sortis de pension.

« Je me disais, sans être tout à fait aussi romanesque que mes jeunes camarades : Il n'est pas possible que mes parents m'aient gardée dix ans en pension, qu'ils m'aient fait apprendre l'italien, l'allemand, l'anglais, la musique, le chant, le dessin, la peinture, la littérature, la danse, pour me marier avec un homme qui n'aimerait pas les arts.

« Le lendemain de ma sortie du pensionnat, ma mère me dit : « Vous épousez un
riche marchand de couleurs de la rue de la
Verrerie. » Ma première question fut celle-ci :
« Sait-il la musique? — Je vous dis que c'est
un marchand de couleurs, » répliqua ma
mère.

« Huit jours après, on me conduisait à la
mairie et à l'église...

« J'interromps ma rédaction pour répondre à un correspondant de mon mari, qui
me demande, savoir :
     « Cent kilogrammes de noir animal.
     « Une barrique de vert-de-gris.
     « Deux tonneaux de colle.
     « Vingt kilogrammes de soude.
     « Deux paquets d'assa-fœtida.

« Après m'être lavée vingt fois les mains
sans succès, je reprends la plume de mes
Mémoires.

« Dieu! quelle triste chose à écrire!... En
se couchant il a mis des bas de laine et un
bonnet de coton.
     « Je m'y habituerai,

« Mon ami, lui ai-je dit il y a huit jours, m'achéterez-vous un piano?—Pourquoi faire? m'a-t-il demandé. Qu'est-ce que cela coûte? — Douze cents francs. — Douze cents francs! s'est-il écrié. Avec cet argent j'aime mieux acheter des huiles de baleine et attendre la hausse. D'ailleurs une femme mariée ne touche pas du piano.

« Je me soumettrai.

« Encore une interruption : mon mari entre. . . . .

. . . .

« Je reprends.

« Que lisez-vous là? m'a-t-il dit avec humeur; est-ce qu'on lit dans un magasin? Il y a toujours quelque chose à faire ici. Mettez des étiquettes, empaquetez, mesurez, pesez... — Tout est fait, mon ami, ai-je répondu. — Quel est ce livre? —*The Poems of Ossian, The Son of Fingal.* —Vous savez donc l'anglais? — Oui, mon ami. — Mais vous savez donc tout ! » Il m'a tourné le dos en ricanant.

« Je me résignerai.

« Habitude, soumission, résignation, ce

sont là, je le vois, les trois grâces, les trois vertus théologales du mariage.

« Je parviendrai sûrement à faire si bien mon devoir, que je plairai à mon mari; mais je me demande pourquoi on enseigne aux jeunes filles tant de choses qui ne serviront qu'à leur inspirer plus tard le regret de les avoir apprises; ou pourquoi on ne les élève pas spécialement pour être des femmes de marchands de couleurs, d'épiciers, d'agents de change, etc... »

RÉFLEXION DE L'AUTEUR.

Dans un an nous dirons au lecteur si la femme du marchand de couleurs de la rue de la Verrerie est parvenue au degré de résignation qu'elle désirait pour être aimée de son mari.

PARLONS DE LA LÉGÈRETÉ DE LA PARISIENNE.

J'ai dit quelque part que le peuple français, le plus léger de la terre, au dire de lui-même et des autres nations, avait inventé la guillotine, la roue, le vers alexandrin, le poëme épique, la tragédie classique, les robes à panier, le bouilli de bœuf, le cheval de roulier, et tout ce qu'il y a de plus calotte de plomb au monde. C'est lui, ce même peuple français, qui a laissé s'accréditer l'opinion que la Parisienne avait la légèreté de l'hirondelle et la subtilité d'un parfum.

La Parisienne est très-légère en dansant, c'est vrai, mais elle ne danse pas toujours. Quand elle aime, par exemple, elle ne se résout pas à chaque instant en fumée d'encens ou de myrrhe. Elle est sérieuse comme la passion, quand la passion l'étreint et la domine ; alors il n'y a ni Espagnole au teint bruni, ni Italienne au poignard de carton, à lui comparer.

Que de Parisiennes ont suivi en Égypte,

en Italie, en Russie, ces nuées d'officiers à qui elles avaient donné leur cœur à quelque bal champêtre, sous l'époque consulaire ou impériale ! Ni les sables du désert, ni les glaces de la Bérésina, ne les ont arrêtées sur le chemin de leur dévouement. Elles ont nettoyé le fusil, lavé le linge, pansé la blessure, salé la soupe, égayé la marche de leurs héroïques maris. Il n'est aucun point du globe où l'on ne retrouve la Parisienne sous les traits de modiste, de limonadière, de maîtresse d'hôtel garni. Je suis sûr qu'elle est déjà établie en Chine, domiciliée à Hong-Kong avec cette très-mirifique enseigne :

AU SONNEUR DE SAINT-PAUL

MME DUHAMEL

MARCHANDE DE NOUVEAUTÉS

DE PARIS

Tient
Parfumerie, Gants glacés, Chemises fines, Brosserie,
et autres objets de toilette à l'usage
DES CHINOIS, TARTARES NOGUAIS ET MANTCHOUX.

Et partout elle étale cette grâce particu-
lière, elle prodigue cet accent charmant et
ces manières engageantes, avec lesquelles
elle parviendrait à vendre mille francs ce qui
vaut trois sous.

ENCORE UN MOT SUR CETTE LÉGÈRETÉ
ET SUR CE QUE NOUS LUI DEVONS.

Les enfants croient, en général, que les
morues nagent au fond de la mer dans la
forme sèche, coriace et aplatie où ils les
voient sur l'étal de l'épicier.

Beaucoup de nos honorables compatriotes
en sont là en matière d'observation sociale.
Notre littérature, que, par légéreté sans
doute, ils mettent au-dessus, beaucoup au-
dessus des autres littératures, leur semble
un produit naturel, spontané, simple, du sol
français. A les en croire, un peuple aussi
fameux que le nôtre n'avait pas le droit de
ne pas être grand en littérature. Sans cesser
d'être spirituels et Français, tâchons d'être
raisonnables; voulez-vous?

Qui donc a posé devant Racine, Molière,
Marivaux, Beaumarchais, le Sage et de Balzac, aussi grand qu'eux tous peut-être, pour
que de Balzac, le Sage, Beaumarchais, Marivaux, Molière et Racine, celui-là dans ses
admirables romans, les autres dans leurs
belles comédies et leurs tragédies, pussent
peindre cette prodigieuse variété de femmes? Qui donc leur a fourni tant de portraits à faire, tant de caractères à analyser,
tant de sentiments délicats, vifs, originaux,
simples, compliqués, subtils jusqu'au para-
doxe, profonds jusqu'à la douleur? Qui donc
leur a révélé ces drames de famille enfermés
entre les quatre murs d'un salon, et ces
combats du cœur avec le cœur, ces comédies de l'âme où elle se montre à nu, toute
cette histoire de l'humanité, dont les feuil-
lets sont froissés par le rire ou tachés par
les larmes? n'est-ce pas la femme par excellence, la Parisienne? Ils n'ont pas inventé,
on n'invente que le mensonge; ils ont copié:
et ce sont les mœurs, la physionomie, les
goûts, les caprices de la femme parisienne
qu'ils ont pris pour modèles. On s'adresse à
l'arbre pour avoir le fruit. Esther, Junie, Bé-

rénice, Iphigénie, Phèdre même, Célimène,
Dorine et toutes ces femmes sorties du riche
cerveau de Molière, et du non moins riche cerveau de Balzac, sont nées, ont vécu, ont régné
à Paris, les unes à la cour de Louis XIV, les
autres à l'hôtel Rambouillet, celles-ci à la
place royale et dans la rue des Tournelles,
celles-là dans le faubourg Saint-Germain.

Sans la femme parisienne, la littérature
française serait donc aussi nulle que le serait la littérature grecque sans Hélène et
Clytemnestre.

Je recommande cette observation aux cri-
tiques de profession, eux qui ont tant d'idées,
de goût et surtout de style.

———

La Parisienne est-elle belle? comment
est-elle belle? l'est-elle longtemps?

On répond par un conte de fée.

LA FÉE BLEUE.

Un jour la fée bleue descendit sur la terre
dans l'intention courtoise de distribuer à
toutes ses filles, les habitantes des divers
pays, les trésors de faveurs qu'elle portait
avec elle.

Son nain amarante sonna du cor, et aus-
sitôt une jeune femme de chaque nation se
présenta au pied du trône de la fée bleue.
Toutes ces unités finirent, on l'imagine, par
former une foule assez considérable.

La bonne fée bleue dit à toutes ses amies :
« Je désire qu'aucune de vous n'ait à se
plaindre du don que je vais lui faire. Il n'est
pas en mon pouvoir de vous donner à chacune la même chose ; mais une telle uni-
formité dans mes largesses n'en ôterait-elle
pas tout le mérite ? » Comme le temps est
précieux aux fées, elles parlent peu. La fée
bleue borna là son discours, et commença
la distribution de ses présents. Personne n'en
parut fâché.

Elle donna, à la jeune femme qui repré-
sentait toutes les Castilles, des cheveux si
noirs et si longs, qu'elle pouvait s'en faire
une mantille.

A l'Italienne, elle donna des yeux vifs et
ardents comme une éruption du Vésuve au
milieu de la nuit.

A la Turque, un embonpoint rond comme
la lune et doux comme la plume de l'eider.

A l'Anglaise, une auréole boréale pour se
teindre les joues, les lèvres et les épaules.

A une Allemande, des dents comme elle
en avait elle-même, et ce qui ne vaut pas
mieux que de belles dents, mais qui a son
prix, un cœur sensible et profondément dis-
posé à aimer.

A une Russe, la distinction d'une reine.

Puis, passant aux détails, elle mit la gaieté
sur les lèvres d'une Napolitaine, l'esprit dans
la tête d'une Irlandaise, le bon sens dans le
cœur d'une Flamande, et, quand il ne lui
resta plus rien à donner, elle se leva pour
reprendre son vol.

« Et moi? lui dit la Parisienne en la re-
tenant par les bords flottants de sa tunique
bleue.

— Je vous avais oubliée !

— Entièrement oubliée, madame !

— Vous étiez trop près de moi, et je ne vous ai pas vue. Mais que puis-je maintenant? le sac aux largesses est épuisé. »

La fée réfléchit un instant; puis, rappelant d'un signe toutes ces charmantes obligées, elle leur dit : « Vous êtes bonnes, puisque vous êtes belles. Il vous appartient de réparer un tort très-grave de ma part : dans ma distribution j'ai oublié votre sœur de Paris. Que chacune de vous, je l'en prie, détache une partie du présent que je lui ai fait, et en gratifie notre Parisienne... Vous perdrez peu, et vous réparerez beaucoup. »

Comment refuser à une fée, surtout à la fée bleue?

Avec la grâce qu'ont toujours les gens heureux, ces dames s'approchèrent tour à tour de la Parisienne, et lui jetèrent en passant, l'une un peu de ses beaux cheveux noirs, l'autre un peu du rose de son teint, celle-ci quelques rayons de sa gaieté, celle-là ce qu'elle put de sa sensibilité, et il se fit ainsi que la Parisienne, d'abord fort pauvre, fort obscure, très-effacée, se trouva en

un instant, par cet acte de partage, beaucoup plus riche et beaucoup mieux dotée
qu'aucune de ses compagnes.

La fée bleue était déjà remontée au ciel en
souriant.

———

Ceci prouve... Je n'ai rien à prouver.

———

DISONS MAINTENANT
SI LA PARISIENNE EST LONGTEMPS BELLE.

Si la définition que nous avons donnée de
la beauté de la Parisienne n'est pas erronée,
si la fiction de la fée bleue cache un sens
vrai, cette beauté, assez semblable à une
riche mosaïque, ne saurait périr d'un seul
coup. La beauté trop unie de l'Espagnole,

la beauté trop absolue de l'Italienne, n'ont
pas, par exemple, de fin ménagée, d'extinc-
tion douce, d'agonie paisib'e. Ce genre de
beauté s'écroule tout à coup comme un mo-
nument. Une maladie emporte la superbe,
la belle femme, et laisse une sorcière; et
cette horrible catastrophe arrive toujours de
bonne heure dans les pays chauds. La Parisienne triomphe indéfiniment de la maladie, de l'âge, de toutes les infirmités possi-
b'es, et la mort ne la prend guère qu'à l'état
d'ouvreuse de loges. Perd-elle son gracieux
embonpoint, il lui reste ses cheveux; perd-
elle ses cheveux, elle se rabat sur ses dents;
perd-elle ses dents, il lui reste ses yeux,
longtemps fins et moqueurs, miroirs con-
servateurs de tout ce qu'i's ont vu; l'éc'at
de ses yeux s'évanouit-il, il lui reste son
sourire qui garde tant de choses dans ses
plis; enfin, a-t-elle tout perdu, il lui reste
encore son esprit; elle s'y plonge tout entière, et la voilà rajeunie.

L'ESPRIT D'UNE PARISIENNE EST SON IMMORTALITÉ

Je ne veux pas dire à quel âge une Parisienne est vieille : une vérité est déjà une
chose si triste, qu'il faut se garder de la
rendre offensante; mais, dès qu'une Parisienne a l'indulgence de se croire vieille,
elle conquiert à l'instant même une jeunesse
qui ne passe plus. Quel inépuisable trésor
que sa mémoire! quel livre que ses souve-
nirs! quelle profondeur dans ses conseils!
quelle fermeté! quelle durée dans ses affec-
tions! quel guide dans la vie!

Tout homme d'Etat, tout philosophe, tout
artiste, tout poëte, tout homme enfin qui
n'a pas passé quelques années dans l'inti-
mité des vieilles femmes parisiennes, a man-
qué son éducation du monde. Sa vie entière
se ressentira de ce tort, on pourrait dire de
ce malheur.

Consultez les mémoires des hommes illustres des temps passés; interrogez les souve-
nirs de ceux qui occupent aujourd'hui le

premier rang dans l'opinion publique : tous,
s'ils sont sincères, vous diront qu'ils doivent
en grande partie à la société des vieilles
femmes parisiennes d'avoir pu faire quelque
chose de grand dans leur vie, et particuliè-
rement d'avoir pu éviter d'énormes fautes et
d'énormes sottises.

Le secret de leur immense supériorité s'explique : en arrivant à l'âge de vieillesse, elles
gardent la délicatesse de la femme et ac-
quièrent le bon sens de l'homme. Comme
ce vin dont parle Homère, elles deviennent
miel par la vertu des ans. Vivantes par la
raison, elles sont mortes pour les passions.
On ne les trompe pas. Comment les trom-
perait-on? il n'y a plus rien à courtiser en
elles.

Quand on aura cessé d'élever des statues
à tous ces imbéciles couronnés, à la lèvre
autrichienne et au nez espagnol, on songera
peut-être à en dresser une, magnifique type
de la raison, de la sagesse moderne, qui re-
présentera une vieille femme parisienne,
soutenant d'une main un vieillard, tendant
l'autre à un jeune homme prêt à entrer dans
la vie.

CONCLUSION.

Une Parisienne est une adorable maîtresse, une épouse presque impossible, une amie parfaite.

———

Elle meurt dans sa religion, à laquelle elle n'a jamais pensé.

————————

LES

MAITRESSES

A PARIS

Ce mot n'a pas d'équivalents délicats dans la plupart des langues étrangères, par la raison que l'objet qu'il indique chez les autres peuples n'est pas comme parmi nous un être qui aime et qui est aimé. Les étrangers ont emprunté au vocabulaire grossier des sens des dénominations plus ou moins

blessantes, pour qualifier la femme choisie
entre toutes que nous nommons en France
maîtresse. Leurs langues ingrates déshono-
rent sans pitié ce que la nôtre élève, elles
souillent ce que nous parons de fleurs, elles
tachent de boue le front que nous couron-
nons. Chez eux, la maîtresse est encore l'es-
clave antique, debout à l'angle du chemin,
ou accroupie dans l'ombre sur les degrés de
marbre du palais ; chez nous, la maîtresse
procède de la chevalerie et de la royauté ;
elle a suivi Renaud et Tancrède aux croisades
et s'est assise sur le trône avec Charles VII,
François Ier, Henri III. Henri IV et Louis XIV.
Agnès Sorel, Diane, Gabrielle, Montespan,
nobles femmes, cœurs tendres, esprits char-
mants ! Sans elles, les princes sur la volonté
desquels elles ont régné n'auraient eu ni
courage, ni délicatesse, ni loyauté, ni dis
tinction, ils n'auraient été que rois.

PUISSANCE RENFERMÉE DANS LE MOT :
MAÎTRESSE.

La *maîtresse* n'est pas la femelle du *maî-tre*, comme une définition inexacte semble-rait le laisser croire. Elle s'appelle maîtresse parce qu'elle est tout simplement le maitre. Elle est maîtresse, ou de la volonté, ou des actions, ou de la pensée, ou des secrets, ou de la fortune, ou de l'honneur, ou de la vie de l'homme, ce qui ne laisserait pas grande autorité au maitre si elle en avait un ; et voilà pourquoi elle se nomme à bon droit maîtresse.

Quand on dit : « M. le comte se promenait aujourd'hui au bois avec sa maitresse, » cela signifie que la maîtresse de M. le comte a voulu aller se promener au bois, non pas à cause de l'envie que celui-ci en avait, mais malgré son envie.

J'ai mené ma maitresse au bal, je condui-rai cette année ma maîtresse en Italie ou aux eaux, je vais chez ma maitresse, cela

veut dire, dans les mœurs parisiennes, ma
maîtresse veut que je la mène au bal, que
je la conduise en Italie, et elle consent à
me recevoir chez elle.

Ainsi une maîtresse parisienne vous laisse
faire, non pas tout ce que vous voulez, mais
bien tout ce qu'elle veut.

Cela n'a pas toujours été ainsi, on peut
le voir par :

LES MAÎTRESSES ANTIQUES,
QU'IL NE FAUT PAS CONFONDRE AVEC LES VIEILLES MAÎTRESSES.

Ouvrez le spirituel Horace, le mordant
Juvénal, ou Ovide, et vous vous convaincrez
qu'à Rome les maîtresses ne pouvaient sortir
que du rang des esclaves. Aussi étaient-elles
loin de représenter, par l'autorité, la fantaisie, le caprice souverain, la maîtresse parisienne, qui vous choisit avant que vous ne
l'ayez choisie. Au premier pli du front, au
plus léger sillon à l'angle des tempes, au

moindre changement de nuance dans la pu-
reté du teint ou l'émail bleuâtre des dents,
le maître la renvoyait à sa maison des
champs, à ses cuisines ou au service du
bain, et il s'en occupait ensuite autant que
de la louve de Romulus.

Ce qui ôtait chez les Romains toute saveur
à ces liaisons particulières, c'est le mépris
qu'affectait la loi envers les femmes affran-
chies et les femmes esclaves. Elles étaient
si peu considérées, que le mari qui les fré-
quentait publiquement ne passait pas pour
adultère. Aucun opprobre, aucune flétris-
sure ne l'atteignait. Or, comme le nombre
des femmes esclaves et des femmes affran-
chies étrusques, grecques, africaines, jui-
ves, formait l'immense majorité des femmes marchant sur le pavé de Rome, le concubinage y était aussi étendu que peu re-
marqué.

On voit que la maîtresse antique n'a rien
de commun avec la maîtresse parisienne, si
magnifiquement personnifiée dans celle qui
osa dire un jour à son amant : « Quand fini-
nirez-vous de me compromettre? Vous ne

cessez de vous montrer en public avec votre femme. »

LA FEMME ET LA MAÎTRESSE.

Le grand Albert, dans son fameux *Traité d'Histoire naturelle*, a écrit un chapitre fort érudit et fort ingénieux où il déroule la vaste série des êtres antipathiques ; il les nomme tous, excepté deux qu'il a oubliés : la femme et la maîtresse. Autant vaudrait passer sous silence Adam et Eve en racontant l'histoire de la création du monde.

CE QU'EST LA MAÎTRESSE
AUX YEUX DE LA FEMME PRISE DANS LE SENS D'ÉPOUSE.

Fût-elle belle comme Ninon, elle est sans beauté, sans grâce, surtout sans pudeur.

Fût-elle spirituelle comme Aspasie et madame de Sévigné, elle n'a pas l'ombre d'intelligence ; elle est sotte, ennuyeuse, stupide.

Eût-elle la distinction d'une reine, elle est commune, vulgaire et grisette.

Ce jugement est injuste et faux, quoique la femme, dès qu'elle se croit trahie par son mari, fasse un retour sur elle-même, pour savoir en quoi elle est inférieure à sa rivale. Jamais conseil de révision n'a soumis les conscrits à un examen aussi rigide. Il est rare que la femme ne finisse pas par découvrir la cause physique ou morale de sa défaite, et plus rare encore qu'elle ne la jette un jour comme un reproche à la tête de son mari.

Ce fut après s'être convaincue avec raison de sa supériorité, qu'une femme dit à la maîtresse de son mari, qui avait été autrefois son amie : « Ah ! ma chère, si j'avais pu prévoir que mon mari aimât les dents gâtées ! »

CE QU'EST LA FEMME AUX YEUX DE
LA MAÎTRESSE.

La maîtresse parisienne a une peur instinctive de la femme de son amant. Elle s'attend toujours à la voir tomber sur elle. Cette terreur est la cause d'un dédain sans exemple. La maîtresse se dépeint la femme sous le jour le plus désavantageux et le plus ridicule. D'abord elle la voit très-vieille, fût-elle plus jeune qu'elle, ce qui arrive fréquemment; laide, cela va sans dire; mal mise, portant le cabas, un parapluie rouge et un tartan; tenant le milieu, comme distinction, entre la sage-femme et la marchande de cigares de contrebande.

OPINION

SUR LA MAÎTRESSE ET LA FEMME MARIÉE,

ÉMISE PAR UN DE MES AMIS

QUI N'A PAS ÉTÉ MARIÉ ET QUI N'A JAMAIS EU

DE MAÎTRESSE.

« Je pense de la femme mariée, opposée à
la maîtresse, qu'elle représente le côté grave,
noble et utile de la vie, le côté architectural,
si l'on peut s'exprimer ainsi, celui sans lequel il n'y aurait pour l'homme ni repos,
ni abri, ni dignité. Elle est encore le beau
fruit qui renferme tous les pepins de la famille et de la société. Otez l'épouse, vous
êtes bien près de supprimer la mère, non
pas celle qui est uniquement chargée de pro-
duire des enfants, mais celle qui a mission
de les aimer tendrement, de les élever, d'en
faire des hommes et des citoyens. Ainsi la
femme, selon le mariage, n'est pas moins
que la société même, puisqu'elle est ce qui

en constitue la force, la grandeur, la durée
et la perpétuité.

« Voici maintenant ce que je pense de la
maitresse. Elle est le côté jeune et riant de
la vie, elle en est le mois de mai, l'esprit,
la verte poésie, l'imagination. Retranchez la
maitresse, vous retranchez nécessairement
tout ce que l'imagination, la poésie et l'esprit enfantent de gracieux et de beau dans
la sphère de l'idéal, c'est-à-dire les arts.
Aussi se démontre-t on facilement que les
plus splendides œuvres (prenez au hasard)
de la peinture, de la statuaire et de la poésie ont été inspirées par ces femmes indé-
pendantes que nous appelons aujourd'hui
maitresses. Ne citez pas, il faudrait tout
citer, enfermer le monde des arts tout en-
tier entre des guillemets. Erudition facile,
érudition blessante pour la femme du mariage. Mais pourquoi la blesserait-on? Elle
est la raison, la maîtresse n'est que l'esprit;
elle est l'ordre, la maitresse n'est que l'en-
thousiasme; elle est le bon sens, la maitresse
n'est que le délire, elle est la terre, la maîtresse n'est que le ciel; non pas, expliquons-
nous vite, celui où l'on va pour ses bonnes

œuvres, mais celui où l'on voudrait aller
pour ne faire aucune sorte d'œuvre, même
une bonne. »

RÉFLEXION INGÉNIEUSE QUI RESSORT
DE MON SUJET :
MALHEUREUSEMENT ELLE N'EST PAS DE MOI,
MAIS
D'UN AUTEUR ESPAGNOL PEU CÉLÈBRE.

« J'ai connu, dit cet auteur peu célèbre,
« un jeune seigneur portugais qui fut assez
« heureux pour épouser la jeune maîtresse
« qu'il adorait et pour la voir mourir dès
« qu'elle fut sa femme. »

LES MAÎTRESSES DE COEUR A PARIS.

Paris, qui passe pour la ville sceptique
par excellence, est pourtant celle où se trou-
vent, avec toutes les conditions du dévouement le plus éthéré, les maîtresses de cœur.
La province les rêve; Paris les tient en ré-
serve pour ces milliers de jeunes gens qui y
accourent avec des trésors d'espérance et
qui n'y rencontrent que des abimes de dé-
ception. On les voit arriver avec une fou-
gueuse suffisance, et frapper aux portes de
la gloire et de la fortune. Ces portes sont
dures à s'ouvrir! Des années s'écoulent, les
ailes de l'illusion se fatiguent, l'espérance
tombe épuisée sur le seuil. Que deviennent
alors ces pauvres exilés? Beaucoup s'étei-
gnent dans les brumes du suicide : il y a tant
d'eau et tant de ponts à Paris! Quelques-uns
retournent à pied dans leurs villages; mais
le plus grand nombre découvre à la fin une
main protectrice sur laquelle il n'avait pas
compté. Ce n'est pas celle de l'homme riche

ou puissant auprès duquel une lettre de re-
commandation ou de mystification avait in-
troduit à leur arrivée ces pauvres dupes.

Sur le carré de sa mansarde, le jeune pro-
vincial a vu voler un jour les plis d'une jupe
blanche, glisser une jambe nue. Le lendemain il a aperçu le corsage, le surlendemain
il a entendu chanter. Le chant, la jupe, le
corsage, annoncent la jeune fille aimante et
gaie, pauvre et laborieuse, blanchisseuse ou
fleuriste. Le hasard, ce brave garçon de hasard, fait qu'un beau soir on se prête de l'eau,
un autre beau soir de la lumière, un autre
soir, infiniment plus beau, la romance en
vogue. Bientôt on ne se prête plus rien, on
se donne tout : on n'a plus qu'un loyer à
payer, quand on le paye. Enfin l'artiste a
trouvé sa muse, celle qui le soutient, l'encou-
rage, l'inspire, écoute ses vers, admire ses
tableaux, copie ses romans ou ses drames.
Quelle bonne créature que la maîtresse parisienne lorsqu'elle s'éprend d'un fol et joyeux
amour pour celui qui n'a rien ! Gai, elle rit
avec lui ; découragé, elle rit pour lui ; ma-
lade, elle souffre avec lui ; applaudi, elle
s'exalte plus que lui ; riche..... elle a cessé

d'être avec lui. Hélas! oui, c'est triste à
écrire, mais c'est vrai. Presque tous ces
grands talents, ces illustres renommées qui
deviennent l'orgueil de la science médicale,
du barreau, de la littérature et des arts, se-
raient morts de froid et de faim sans la grisette parisienne, sans la maîtresse de cœur,
qu'ils laissent mourir dans un grenier, à
l'hôpital ou dans la rue. A maîtresses de
cœur, maîtres en ingratitude.

Après cette maîtresse, celles qui vont passer sous nos yeux sont, sans contredit, d'un
ordre plus brillant; mais impriment-elles un
souvenir aussi doux, aussi tendre au fond du
cœur? Je vous en fais juge, mon lecteur.

LES MAÎTRESSES D'ARGENT.

Sous ce titre s'ouvre devant nous une vaste
galerie de portraits, car il y a :

1° La maîtresse qui vous aime autant pour vous que pour votre argent;

2° Celle qui vous aime plus pour votre argent que pour vous;

3° Celle qui ne vous aime que pour votre argent;

4° Celle qui vous aime plus pour vous que pour votre argent, et cependant qui aime l'argent.

Étudions d'abord :

LA MAÎTRESSE QUI VOUS AIME
AUTANT POUR VOUS QUE POUR VOTRE ARGENT.

Celle-là ne sera pas longtemps, je le crains, dans les mêmes termes avec vous. Elle finira, tombant du côté par où elle penche, par préférer ce qui sonne dans la poche à ce qui brûle au fond du cœur. Un jour l'équilibre, péniblement maintenu, sera rompu tout à fait. Les très-jeunes maîtresses deviennent à Paris des exemples de ces conversions en faveur de l'argent, dès qu'elles ont acquis avec vous une expérience qu'elles ne peuvent mettre à profit qu'avec d'autres. Après avoir balancé, comme le tombeau de Mahomet, entre l'aimant du cœur et l'aimant de l'argent, elles finissent, plus résolues que le cercueil du prophète, par vous quitter avec une larme et un sourire, heureuses et tristes à la fois.

A dater de ce jour, elles prennent place à côté de :

LA MAÎTRESSE QUI VOUS AIME
PLUS POUR VOTRE ARGENT QUE POUR VOUS.

Les maîtresses de ce genre ont été de tout temps fort nombreuses dans la bonne ville de Paris, et c'est à elles, rien qu'à elles, que la littérature doit, inestimable avantage, ces amusantes, ces délicieuses comédies du dix-huitième siècle, où l'on voit les fermiers à gilets d'or, à culottes de brocart, les financiers à bec de corbin, grugés par tant de spirituelles grandes dames dont les servantes, aussi friponnes qu'elles, s'appellent Nérine,

Dorine et Marton. Dancourt s'est fait un nom
en excellant dans la peinture un peu haute
en couleur, mais fort divertissante, de ces
femmes, qui dissolvent, plus activement que
certains acides, l'or, l'argent et les pierres
précieuses. Dans notre siècle, le vaudeville
les a traduites avec moins de succès, par la
raison qu'elles ont pris, au milieu de notre
société moderne, une physionomie plus ac-
cusée qu'au dix-huitième sièc'e. Elles vo-
laient Mondor et M. de la Rapinière, elles ne
trompent même plus Arthur devenu ban-
quier. Les ingénieuses roueries à l'aide des-
quelles elles plumaient tout vivants les financiers et les maltôtiers ont été remplacées
par un traité en règle et fidèlement observé
des deux parts. Ce qui donne lieu à parler
ici, mais très-succinctement, de la maîtresse
qui ne vous aime que pour votre argent.

LA MAÎTRESSE QUI NE VOUS AIME
QUE POUR VOTRE ARGENT.

Cette glorieuse subdivision se compose des maitresses qui vous aiment :

Rue de Grammont, pour trois cents francs par mois, les gants et les fleurs ;

Rue du Helder, pour quatre cents francs par mois et un groom ;

Rue Saint-Lazare et du Mont-Blanc, pour cinq cents francs par mois et une voiture à un cheval ;

Faubourg du Roule pour deux mille francs par mois, le pavillon d'un hôtel, deux voitures, un cuisinier, un chasseur et deux chevaux.

Enfin, pour borner cette liste et non la clore, il faut encore citer celles qui aiment pour leur argent les princes et les ducs, et qui sont toujours obligées de plaider avec leur intendant quand elles veulent rentrer dans les frais de leur amour.

Ces maîtresses blasonnées ont un profond dédain pour :

LA MAÎTRESSE QUI VOUS AIME
PLUS POUR VOUS QUE POUR VOTRE ARGENT.

Cette maîtresse désintéressée s'expose à votre avarice ou à votre générosité, deux sentiments que les femmes détestent, parce qu'elles n'admettent ni le despotisme, ni les concessions. Afin de ne tomber ni dans les concessions, ni dans le despotisme, elle creusera un piége innocent auquel vous vous prendrez avec une merveilleuse facilité. Nous allons indiquer ce piége, échantillon de bien d'autres, en rapportant un dialogue sténographié par une victime.

Frédéric dit à sa maîtresse, qui l'aime plus pour lui que pour son argent :

« Chère Herminie, tu me disais l'autre jour que tu devais deux cents francs à madame Rampon, ta couturière. Les voici; paye-la et débarrassons-nous-en.

— Merci, mon ami. »

Herminie court déposer l'argent dans son secrétaire.

Une semaine après, Frédéric, à propos de mille choses, dit à sa chère Herminie :

« Eh bien ! as-tu payé le petit mémoire de madame Rampon ? »

Herminie, avec un petit air gêné :

« Non, mon ami; mais voici pourquoi. Mon malheureux tapissier s'est présenté juste le jour où je comptais payer madame Rampon, et il m'a obligée, — tu sais comme il est besogneux ? — à lui acquitter son mémoire.

— Qui s'élevait ?

— A cent quarante francs.

— Fort bien. Il te manque donc à présent cent quarante francs pour faire face à la note de la couturière ?

— Mais, oui...

— Les voici. Tes deux cents francs sont de nouveau complétés. Finis-en avec cette madame Rampon.

— Oh ! oui, mon ami, nous n'y penserons plus. »

Dix jours s'écoulent, et Frédéric dit à

Herminie, qui lui montre, pour savoir s'il
est de son goût, un nouveau bonnet :

« Enfin, as-tu terminé tes comptes avec ta
couturière?

— Pas précisément. Figure-toi que mon
bijoutier est venu — on dirait un fait exprès!
— le lendemain du jour où tu m'avais com-
plété les deux cents francs de madame Rampon; et il m'a suppliée — d'ailleurs il est
déjà venu si souvent! — de lui régler sa
note, qui se monte à cent vingt francs.

— Mais la couturière! la couturière!

— Ah! dame! je n'ai plus assez pour elle
maintenant, puisqu'il ne me reste plus que
quatre-vingts francs.

— Il s'agit donc, en ce cas, de te remettre
une seconde fois le complément des deux
cents francs destinés à madame Rampon?

— Si tu voulais... »

Et Frédéric verse le complément, c'est-à-
dire cent vingt francs. En sorte que madame
Rampon n'est pas encore payée et qu'Herminie a reçu quatre cent soixante francs.

Ce manége dure quelquefois plusieurs se-
maines, quelquefois plusieurs mois. On cite
un de ces ménages de la main gauche où la

femme paye depuis dix ans ses milliers de fantaisies personnelles avec deux cent dix francs dus au miroitier de la maison, que l'amant paye et qui est censé n'être jamais payé.

En général, il faut toujours exiger de sa maîtresse, et j'ajoute tout bas de sa femme, qu'elle acquitte immédiatement la dette pour laquelle vous lui donnez de l'argent. J'ai dit pourquoi.

D'UNE ESPÈCE DE MAÎTRESSE TRÈS-COMMUNE
A PARIS
ET DANS LES DÉPARTEMENTS.

Corneille a dit, dans un magnifique vers
qu'il fait prononcer par Auguste, que, « monté
sur le faîte, l'homme aspire à descendre. »
Beaucoup de bourgeois parisiens justifient
cette maxime, et non-seulement ils aspirent
à descendre, mais ils descendent jusqu'à
leurs cuisinières. Rien n'est commun à Paris comme ces unions intimes entre les maîtres et celles qui confectionnent leur dîner.
Elles sont longues, se découvrent tard, trans-
pirent peu au dehors, mais elles ont leur
drame et leurs nombreuses péripéties. Pour
nous servir d'une expression empruntée à
notre sujet, nous appellerons ces intrigues
des *amours à l'étouffée.* Il en résulte un bou-
leversement social dont le proverbe suivant
peut donner une idée.

AUGUSTINE ET SON MAITRE.

Proverbe en un acte et en une scène, refusé par le Théâtre-Français.

—

Personnages :

AUGUSTINE, cuisinière.
SON MAÎTRE, âgé de quarante ans, bel homme.

La scène se passe à Paris, rue Saint-Honoré.
Le théâtre représente une chambre à coucher en désordre.

—

LE MAÎTRE, couché, sonnant et appelant.

Augustine !

(Augustine ne répond pas.)

LE MAÎTRE, sonnant et appelant plus fort.

Augustine ! Augustine !

(Augustine continue à ne pas répondre.)

LE MAÎTRE, cassant le cordon de la sonnette.

Augustine ! Augustine ! Augustine !

AUGUSTINE.

Voilà ! m' vlà ! Quel affreux sabbat vous faites ! Que voulez-vous ?

LE MAÎTRE.

Mes journaux !

AUGUSTINE, étonnée.

Je les lisais !

LE MAÎTRE.

Il me semble que vous pourriez me les donner d'abord.

AUGUSTINE, avec dédain.

Oh ! mon Dieu ! les voilà, vos journaux ! Ils ne sont pas déjà si intéressants. Depuis trois jours nous sommes sans feuilletons...

LE MAÎTRE.

Mon café, Augustine.

AUGUSTINE.

Il n'est pas fait. Voilà tout.

LE MAÎTRE.

A dix heures !

AUGUSTINE.

Vous oubliez que nous sommes en hiver et qu'il n'est jamais jour.

LE MAÎTRE.

Il faut pourtant que je sorte.

AUGUSTINE.

Si vous preniez votre café à votre second déjeuner ?

LE MAÎTRE.

Je ne déjeunerai pas ici.

AUGUSTINE.

Deux soucis de moins pour moi, en ce cas. Et où allez-vous déjeuner ?

LE MAÎTRE.

Chez un ami.

AUGUSTINE.

...e.

LE MAÎTRE.

Chez un ami, vous dis-je.

AUGUSTINE, appuyant sur la voyelle.

...e.

LE MAÎTRE.

...e! e! e!... Voyons que je m'habille.

AUGUSTINE, s'asseyant dans un fauteuil.

Ne vous fâchez pas.

LE MAÎTRE.

Mes bottes !

AUGUSTINE, croisant les jambes.

Vos bottes ne sont pas prêtes.

LE MAÎTRE.

Et pourquoi ?

AUGUSTINE, fièrement.

Je vous ai dit que je ne voulais plus les vernir. Cette besogne-là n'est pas d'une femme.

LE MAÎTRE.

Vous n'avez plus voulu frotter mon appartement, parce que ce n'était pas, disiez-vous, la besogne d'une femme; vous n'avez plus voulu ensuite battre mes habits, parce que ce n'était pas, avez-vous dit encore, la besogne d'une femme; vous n'avez plus voulu

faire mes commissions, toujours parce que
ce n'était pas la besogne d'une femme; aujourd'hui, vous refusez de vernir mes bottes, parce que ce n'est pas la besogne d'une
femme. Mais quelle est donc, je vous prie,
la besogne d'une domestique?

AUGUSTINE, décroisant les jambes.

Comme cela vous coûte peu à dire! votre
domestique!! Eh bien! votre domestique
vous demande son congé.

LE MAÎTRE, très-agité.

Soit! Je suis las de ce despotisme!

AUGUSTINE, quittant le fauteuil.

Despo... quoi?

LE MAÎTRE, jetant son bonnet de nuit.

...tisme.

AUGUSTINE.

Vous ne savez qu'humilier les gens! Voilà
vos clefs. Voilà celle du caveau; veillez-y :
vos portiers sont des ivrognes.

LE MAÎTRE.

Tu ne me l'avais jamais dit.

AUGUSTINE.

Voilà la clef de votre argenterie. Veillez-y aussi. La maison n'est pas sûre. On y entre comme dans une halle.

LE MAÎTRE.

C'est vrai.

AUGUSTINE.

Voilà la clef de vos vins fins et de vos liqueurs. Ne les laissez pas trainer. Les bonnes aiment le Parfait-amour.

LE MAÎTRE.

Un calembour.

AUGUSTINE.

Je ne sais pas ce que vous voulez dire, monsieur.

LE MAÎTRE.

Quel ton superbe !

AUGUSTINE.

Ah ! j'oubliais de vous rendre cette croix d'or que vous m'avez donnée la dernière fois que je vous ai soigné de votre gros rhume.

11

LE MAÎTRE.

Garde-la, Augustine.

AUGUSTINE.

Je ne veux rien de vous.

(En cherchant la croix d'or pendue à son cou
au bout d'un cordon de soie, Augustine dé-
range sa collerette, son fichu, elle s'impa-
tiente.)

LE MAÎTRE.

Voyons... Augustine ; pas d'enfantillage...
Je prendrai un homme de peine pour vernir
mes bottes, tu as raison.

AUGUSTINE.

Laissez-moi m'en aller.

LE MAÎTRE.

Ne suis-je pas un bon maître ?

AUGUSTINE.

Qu'est-ce que cela me fait ?

LE MAÎTRE, solennellement.

Augustine, j'élève tes gages à cinq cents
francs.

AUGUSTINE, près de la porte.

Croyez-vous que ce soit l'intérêt qui me guide?

LE MAÎTRE.

Ne parlons plus de cela.

AUGUSTINE.

Vous allez vous habiller.

LE MAÎTRE.

Oui, mon enfant.

AUGUSTINE.

Vous déjeunerez ici?

LE MAÎTRE.

Je te l'ai dit, on m'attend...

AUGUSTINE, moins loin de la porte.

On attendra. Vous aviez promis de me faire voir le drame qu'on joue à la Porte-Saint-Martin. On le joue ce soir.

LE MAÎTRE.

Eh bien! tu iras ce soir à la Porte-Saint-Martin. Es-tu contente?

AUGUSTINE.

Oui...

LE MAÎTRE.

A présent, écoute-moi.

AUGUSTINE.

Dites...

LE MAÎTRE.

Je t'ai donné un domestique pour cirer l'appartement, un domestique pour battre mes habits, un domestique pour faire mes commissions, un domestique pour vernir mes bottes. Laisse-m'en prendre un à mon tour pour qu'il fasse mon lit. Voilà dix ans que je dors dans un lit qui n'est pas fait.

AUGUSTINE, boudant.

Il paraît que mes précédentes avaient donc aussi de l'autorité chez vous. Je m'en doutais.

De la cuisine suivez-moi au théâtre, et nous ferons connaissance avec les maîtresses de théâtre.

LES MAÎTRESSES DE THÉÂTRE.

Fuyez les courtisanes et les femmes de théâtre, disent encore les vieux parents de province en donnant leur bénédiction aux jeunes fils de famille qui viennent à Paris.

Chers vieux parents, il n'y a plus de courtisanes à Paris, et les femmes de théâtre ne sont pas ce que vous pensez. Les unes, parmi ces dernières, sont d'honnêtes mères de famille, qui élèvent plus ou moins mal leurs enfants; les autres, en très-petit nombre, sont les plus énigmatiques créatures de la terre, ou de l'enfer, si vous l'aimez mieux.

De six heures à minuit, elles appartiennent au directeur, au régisseur, au coiffeur, à l'habilleuse et au public. Après minuit, après s'être débarbouillées, par conséquent faites comme un pastel estompé, elles rentrent chez elles pâles, brisées, haletantes. Elles soupent. Affreux régime ! l'estomac bourré de viandes froides, elles se couchent et dorment mal jusqu'à huit heures du matin.

A peine les yeux ouverts, elles se mettent
à répéter leur rôle dans la pièce à l'étude;
puis elles prennent précipitamment une tasse
de café à la crème et s'en vont dare-dare au
théâtre, où la répétition les retient jusqu'à
quatre ou cinq heures. De cinq à six il faut
qu'elles dînent. C'est le seul instant qui leur
est laissé pour songer à ce qui constitue la
vie de tout le monde, au ménage, à la famille, aux créanciers. Cherchez maintenant
le temps qu'elles ont à prodiguer aux plai-
sirs, au champagne frappé et à l'amour.

DÉFINITION UN PEU EXAGÉRÉE DE LA FEMME DE THÉATRE.

C'est une poulie qui gémit et qui crie.
Quand elle ne crie pas, elle est de bois.

UN RUSSE ET SON AMANTE.

FABLE.

Un Russe, riche en fourrures, aimait une
fois une actrice du Théâtre-Français. Sur ce

terrain les nationalités sont sans rancune ;
elles s'embrassent même. Ce Russe aimait
donc cette actrice. On le voyait tous les soirs
à l'orchestre applaudir son adorée. On le vit
constamment à cette place pendant les trois
mois qu'elle joua un rôle d'homme dans je
ne sais plus quel drame infiniment spirituel.
Qu'il devait être heureux ! La jeune actrice
était vraiment charmante en culotte de satin,
en bas de soie, en justaucorps pincé, avec ses
moustaches et ses regards de velours b'eu en
amande.

Vous croyez qu'il était heureux !

Un jour, il quitte brusquement l'orchestre, la France, et laisse ces mots à son adorée :

« Mademoiselle,

« On m'avait dit en Russie que vous étiez
« la femme de Paris, par conséquent de l'u-
« nivers, qui saviez le mieux et le plus élé-
« gamment vous habiller. Personne, me di-
« sait-on, ne se drape comme vous dans un
« châle, personne ne pose plus adorablement
« son pied sur le pavé, aucune femme n'est
« aussi gracieuse dans une robe de satin.

« J'arrive à Paris, je me présente, vous

« m'accueillez. Votre porte m'est toujours
« ouverte, mais excepté le jour. Vos travaux,
« vos études, commandent cette exception.
« Je ne puis donc vous voir que le soir et
« après le soir. Mais, depuis trois mois, tous
« les soirs vous êtes en homme, et après le
« soir vous n'êtes en rien du tout, comme,
« du reste, tout le monde.

« Je pars donc, mademoiselle, sans avoir
« pu vous voir dans le costume de votre sexe,
« sous lequel on m'avait dit en Russie que
« vous étiez si ravissante ; et c'est pour cela
« que je pars. »

MORALITÉ DE LA FABLE.

Aucune. Je ne lui en trouve pas.

Parvenu à ce point de la route que nous
nous sommes tracée, le découragement nous
saisit. Nous avons déjà marché bien longtemps, et pourtant que ne nous reste-t-il pas
à dire ? Que d'intéressants épisodes, de portraits originaux, de peintures vraies et rail-

leuses sont encore dans lés limbes, et qu'une main habile aurait pu en tirer! Nous avions une chasse magnifique à faire sur la terre la plus féconde en gibier, et nous rapportons un moineau franc. Cet aveu ne part pas d'une fausse modestie, et nous le prouvons en nous accusant de n'avoir pas parlé de :

LA MAÎTRESSE DONT ON A PEUR,

Celle qui vous écrit :

« Monstre,

« Si vous vous mariez, je me jette à l'eau,
« je mange du vert-de-gris ou je me préci-
« pite du haut des tours Notre-Dame. On ne
« se joue pas ainsi d'une âme tendre et cré-
« dule.

« ANASTASIE. »

Anastasie a quelquefois quarante ans, et, ce qu'il y a de plus affreux, c'est qu'elle serait capable d'exécuter ses menaces. A Paris les passions n'ont pas d'âge.

Nous n'avons pas parlé non plus de :

LA MAÎTRESSE GRANDE DAME,

Qui vous renvoie, sous enveloppe parfumée, toutes vos lettres et vous redemande les siennes avec le sang-froid qu'elle apporte aux actes les plus ordinaires de la vie; et qui, si elle vous aperçoit, trois mois après dans le monde, se penche à l'oreille de sa voisine en lui disant : Est-ce que ce n'est pas monsieur un tel? Aidez-moi donc à dire son nom.

J'ai passé sous silence :

LA MAÎTRESSE QU'ON A LA FAIBLESSE DE CHERCHER A REVOIR, APRÈS L'AVOIR QUITTÉE DEPUIS LONGTEMPS, AFIN DE SE DONNER LE PLAISIR DE S'ENTENDRE DIRE : COMME VOUS AVEZ GROSSI! DIEU! COMME VOUS AVEZ VIEILLI!

Pauvre femme dont vous avez célébré les yeux qui ont la patte-d'oie; dont vous avez

loué le front qui maintenant miroite et
tourne, par sa nuance, à la conserve d'ana-
nas; dont vous avez admiré la poitrine, aujourd'hui ravinée comme par un torrent; dont
vous avez admiré les beaux cheveux que cou-
vre à cette heure un turban, taillé en forme
de charlotte russe. Oh! ne revoyez pas vos
maîtresses, ne revoyez pas vos anciens portraits, ne revoyez pas... ne revoyez rien.

Ai-je dit un seul mot de :

LA MAÎTRESSE ANGLAISE.

Démon cousu dans la peau d'un ange, rose
du Bengale enragée, aimant quelqu'un plus
que son mari, c'est vous; aimant quelqu'un
plus que vous, c'est elle (beaucoup de Fran-
çaises sont dans ce cas); aimant quelque
chose plus qu'elle, c'est sa réputation; aimant quelque chose beaucoup plus que sa
réputation, c'est le thé vert coupé avec du
thé russe.

De combien d'autres maîtresses encore
ne faudrait-il pas parler avant d'arriver à la
plus dangereuse de toutes, à celle qui n'a son
amour ni dans la tête, ni dans le cœur, ni
dans les yeux, mais dans son écritoire; à
celle qui vous répond quand vous lui dites :
« Je t'aime ! » par « Quand ferez-vous passer
mon roman dans la *Presse* ou dans le *Siècle?* » A celle qui vous prend pour corriger
ses fautes et que vous gardez pour vous mor-
tifier des vôtres :

LA MAÎTRESSE BAS BLEU !!!

FIN.

www.ingramcontent.com/pod-product-compliance
Lightning Source LLC
Chambersburg PA
CBHW070746280626
47162CB00017B/2379